APOLOGIE

D'UN

HOMME CÉLÈBRE,

ORNÉE DE SON PORTRAIT,

Et suivie de Notes tirées de la meilleure source.

POËME

PAR MARIUS CHAVANT.

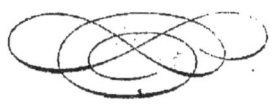

PARIS,
Chez Philippe Cordier, Éditeur,
Rue du Ponceau, 24.
—
1845.

APOLOGIE

D'UN

HOMME CÉLÈBRE.

Larochefoucauld Duc de Liancourt

Pair de France.

APOLOGIE

D'UN

HOMME CÉLÈBRE,

ORNÉE DE SON PORTRAIT,

Et suivie de Notes tirées de la meilleure source.

POËME

PAR MARIUS CHAVANT.

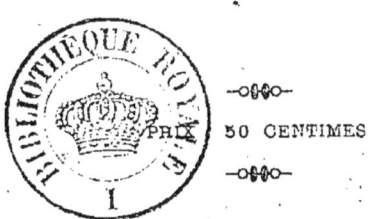

PRIX 50 CENTIMES.

PARIS,

Chez Philippe Cordier, Éditeur,

Rue du Ponceau, 24.

1849.

IMPRIMERIE DE PHILIPPE CORDIER,

Rue du Ponceau, 24.

A

MONSIEUR LE MARQUIS

DE

LAROCHEFOUCAULD-LIANCOURT ;

MONSIEUR LE MARQUIS ,

En parcourant la liste des hommes vraiment grands et vertueux que la France a produits, mes yeux s'arrêtèrent sur une page de laquelle ils ne purent se détacher qu'avec regret, et mon esprit passa de surprise en surprise, d'étonnement en étonnement, tant cette page était supérieure à toutes celles que j'avais lues jusqu'alors.

L'humanité portée à son plus haut apogée,
la vraie philosophie que j'y trouvai, l'oubli
de soi-même pour le bonheur de son semblable, sans se démentir un seul instant
pendant quatre-vingts ans, me touchèrent
si vivement, que je ne pus contenir plus
long-temps mon émotion croissant à chaque ligne, et m'empêcher de mouiller les
dernières des douces larmes de l'admiration. Je savais, que depuis neuf cents ans,
l'humanité des LAROCHEFOUCAULD était encore au-dessus de leur noblesse, la plus
belle et la plus ancienne du royaume ;
mais j'ignorais, qu'un de ses descendants
n'avait eu d'égal au monde, que le plus
vertueux des Romains que la postérité a
surnommé le *père des hommes* (Antonin.)
Cette page, ne m'apprit cependant qu'une
partie des sublimes actions du vénérable
duc de LAROCHEFOUCAUD-LIANCOURT, votre
illustre père, et me fit regretter que nos
biographes n'eussent donné qu'une sim-

ple esquisse, quand ils pouvaient donner
une si belle peinture. J'eus le désir alors,
moi, qui n'étais ni biographe, ni historien, et qui n'avais jamais écrit, de peindre quelques-unes de ces vertus, lesquelles
retracées par une autre main que la mienne,
feront un jour l'ornement de l'histoire des
peuples, et serviront d'exemple à l'humanité des temps les plus reculés.

A vous donc, Monsieur le MARQUIS,
pouvant énumérer mieux que personne,
tous les bienfaits qui ont immortalisé le
meilleur des hommes; vous, qui depuis
votre plus tendre enfance, marchez si dignement sur sa trace, en rappelant si bien
le sang dont vous êtes sorti; je dédie aujourd'hui mon premier essai, et vous prie
de croire au vif regret que j'éprouve en
songeant à l'insuffisance de mon esprit, à
la hardiesse de ma présomption, lesquelles
m'ont porté à entreprendre l'*Apologie* de

si grandes et si sublimes vertus, et d'être resté si éloigné de mon sujet, de la tâche que je m'étais proposée, enfin d'avoir si peu fait où il y avait tant à faire.

Cependant, j'ose espérer, Monsieur le MARQUIS, que vous voudrez bien excuser l'œuvre en faveur de l'intention, et croire au plus profond respect,

Monsieur le MARQUIS,

De votre très-humble et très-dévoué serviteur,

MARIUS CHAVANT.

Paris, ce 25 Juin 1845.

AVANT-PROPOS:

Mais moi qu'un vain caprice, une bizarre humeur
Pour mes péchés, je crois, fit devenir rimeur.
(BOILEAU.)

Raphaël, Michel-Ange, et toi Van Dick fidèle

Qui dépassas toujours l'espoir de ton modèle :

Prêtez-moi pour un jour vos talents immortels

Pour peindre les vertus du meilleur des mortels.

Et toi grand Apollon pardonne à ce délire

Qui me force à toucher aux cordes de ta lyre,

Pour chanter mon héros, qui fut quatre-vingts ans

Le zélé défenseur des pauvres artisans.

Je ne suis pas poète, hélas! souvent ma rime

Blessera ton oreille au trait le plus sublime !...

Mais quand mon chant de nain troublera ton repos,

Fais-moi grâce, du moins, en faveur du héros.

Quand de tes fils chéris j'aborde la carrière,

J'aperçois entre nous une immense barrière,

Et n'ose plus de toi prétendre au moindre don,

Si ce n'est à celui d'obtenir mon pardon.

Le rocher tarpéïen témoin de tant de crimes,

A vu saint Pierre, un jour, planant sur ses abîmes

De la Gaule indiquant quel était le chemin

Que devait bientôt suivre un chevalier romain[1],

Afin d'édifier la nation païenne,

Et la tirer d'erreur par sa voix patricienne.

Le chevalier jura par le Christ et la Croix

D'obéir à saint Pierre, et vint chez nos Gaulois;

Fit entendre d'abord les paroles divines

Que ce saint lui dicta du haut des Sept collines;

Fit briller la lumière où fut l'obscurité,

En montrant à nos yeux le Dieu de vérité.

Ce jeune patricien nous prêchant sous un saule,

Fonda la sainte foi dans notre vieille Gaule,

Et nous donna pour guide et pour premier patron,

Le pieux MARTIAL, premier saint de ce nom.

De LICINIACUM, sur les bords de la Vonne,

Il désigna la place avec une couronne ;

Puis, arrêtant ses pas sur ce mont élevé

Il rendit grâce à Dieu de l'avoir conservé,

Et forma de son sang une race chérie,

Qui devait faire un jour l'orgueil de la patrie !

Et la chronique dit que ce religieux

Avait chez les Romains de célèbres aïeux.

INTRODUCTION.

INTRODUCTION.

Les noms de LAROCHEFOUCAULD et de LAROCHEFOUCAULD-
LIANCOURT seront toujours placés au premier rang des
bienfaiteurs de l'humanité.

(B. CONTEMPORAINE.)

D'une tige superbe, enfantant MELLUSINE,

Surgirent des rameaux d'une antique origine,

Ombrageant l'Angoumois, la Saintonge et l'Anjou,

Eu, la Marche et l'Aunis, enfin jusqu'au Poitou !

2

Pembrocke, en Angleterre, a gardé souvenance

D'une race chérie et vénérée en France.

Rois, princes et guerriers, ministres, cardinaux,

Furent les rejetons de ces dignes rameaux.

Sans faste et sans orgueil, du couchant à l'aurore

Ils grandirent longtemps, et grandissent encore.

Ces mémorables noms qu'un juste doit bénir,

Jusqu'en la nuit des temps vivront en souvenir :

LUZIGNAN, PARTHENAY, de FOUCAULD de la Roche,

De VERTEUIL, de BLANZAC dont la lignée est proche ;

De BAYERS, de MARTHON, des ducs de MONTIGNAC,

De la ROCHEGUYON, princes de MARCILLAC ;

Enfin de Barbezieux, marquis de Guercheville,

Grand comme les Roucys, autant que les Danville,

Les Randan, les Langeac, les seigneurs de Maumont,

Saint Ilpize et d'Urfé, Séverac, Pierrepont ;

De Goudras, de Lorac, de Magnay, de Montendre

Sont des noms glorieux et que l'on aime entendre.

Surgères, d'Estissac, les derniers Liancourts

Au cri du malheureux jamais n'ont resté sourds !

De la Rochefoucauld, Gaétan, d'Oudeauville,

Par le sang, par le cœur, de la même famille :

Poètes, magistrats, légistes, écrivains,

Tous, plus riches d'honneur que bien des souverains.

APOLOGIE

DE

FRANÇOIS - ALEXANDRE - FRÉDÉRIC

LAROCHEFOUCAULD DUC DE LIANCOURT,

PAIR DE FRANCE, CHEVALIER DES ORDRES DU ROI,

LIEUTENANT GÉNÉRAL DES ARMÉES,

MEMBRE DE L'ACADÉMIE ROYALE DES SCIENCES,

CHEF DES NOMS ET ARMES DE SA MAISON,

Né à La Roche-Guyon, le 11 Janvier 1747,

ET MORT A PARIS, LE 27 MARS 1827.

I.

Gloire à toi LIANCOURT , à ton illustre nom ,

Sur lequel ont passé neuf cents ans de renom ,

Sans qu'un moindre nuage à l'éclat dont il brille

Ait obscurci l'honneur de ta noble famille.

Sous les premiers Capets déjà guerrier vaillant,

L'un des tiens releva tout un camp défaillant !

Aux plaines de Syrie arborant sa bannière ,

Il fit trembler l'Arabe ; et son ardeur guerrière

Rallia les Chrétiens fuyant de toutes parts ;

Fit bientôt triompher leurs sacrés étendards ;

Et semblable au dieu Mars dans l'horrible carnage,

Ton aïeul au plus lâche eut donné du courage.

On le vit renverser de son bras valeureux

Des bataillons, vingt fois, plus que les siens nombreux.

Ce fut, dit la chronique, une belle victoire ;

Mais un trait plus fameux vint couronner sa gloire[1] :

Voyant briller au loin vingt glaives sur son roi,

Il se sentit glacé du plus mortel effroi !

Mais bientôt il s'élance et prompt comme la foudre ,

Sauve une belle vie et les réduit en poudre.

II.

Un autre de ton sang rappelant l'âge d'or...

Oui, Gui de Lusignan fut bien plus grand encor !

Par lui Jérusalem rayonnante et sans crainte,

Recouvra sa grandeur et sa majesté sainte.

Ces guerriers valeureux, tes célèbres aïeux,

Que leur vertu fit rois ne pouvant faire mieux,

Oubliaient leur grandeur au sein de la clémence

En rendant aux vaincus la joie et l'espérance.

Puissant par sa bonté, sublime par ses mœurs,

Le pieux LUZIGNAN régnait sur tous les cœurs,

Quand d'un peuple insoumis la horde musulmane

Sur ses sujets heureux porte une main profane,

Envahit ses états et l'accable soudain

En le chargeant de fers au nom de Saladin !

Mais le fier Musulman honora son courage,

Et se tint glorieux d'un aussi grand ôtage !

Plus tard, brisant ses fers et ceux de ses guerriers,

Il le vit expirant tout chargé de lauriers.

Jérusalem en deuil au milieu des alarmes,

A ce roi malheureux longtemps donna des larmes.

III.

Ainsi ta noble race a grandi jusqu'à toi

A peine adolescent conseillant un vieux roi.

Ton âme vierge encore, à sa noblesse extrême

Adjoignait les honneurs de Louis le quinzième[3]....

Quand une belle enfant, orgueil de LANNION,

Rehaussa ta grandeur par sa chaste union.

A son âme candide, à son maintien modeste

L'on croyait voir un ange. une femme céleste !

La Reine, quelquefois l'étreignant des deux mains

Épanchait dans son cœur ses plus secrets chagrins ;

Alors ces cœurs unis entremêlant leurs larmes,

Semblaient n'être plus qu'un et goûtaient de doux char

Puis, quittant à regret ces royaux entretiens,

La mère de tes fils se dévouait aux siens ;

Sur leur berceau penchée, attirant leur sourire,

Ta compagne adorable en leurs yeux semblait lire

Ce que seraient un jour ces enfants radieux,

Qui déjà bégueyaient les noms de leurs aïeux.

Ces nobles rejetons, bien dignes de ta race,

T'ont vu croître en honneur et marchent sur ta trace.

IV.

Évitant les sentiers où l'honneur n'a pas cours,

Tu sus gagner les cœurs sans prendre aucun détours.

Envain la Du Barry rechercha ton suffrage

Espérant dans l'intrigue engager ton jeune âge,

Au milieu d'une cour où régnait l'impudeur,

Où le vice effréné remplaçait la pudeur;

Où des hommes perdus, de misérables êtres,

Entachaient le blason de leurs nobles ancêtres.

Tu traversas les flots de ce monde éperdu

Sans que l'affreux contact ébranlât ta vertu.

Fuyant la Du Barry sans craindre son approche,

Tu fus peut-être seul sans blâme et sans reproche.

L'intrigue où s'appuyait tant de vieux courtisans,

Chancelait devant toi qui n'avais pas vingt ans ;

Comme la femme impure en face la sagesse

Envain cherche un refuge où cacher sa bassesse ;

L'intrigue ressentait ce trouble et ce respect

Que peut seul inspirer un vertueux aspect !

Et sans jamais te perdre en cet affreux dédale

Tu portas dignement ta couronne ducale.

V.

Échappé de ce gouffre où s'engloutit la foi,

Tu pus servir encor ta patrie et ton roi.

Aux états généraux présentant des réformes

Empreintes de grandeur par la force et les formes,

Où l'équité pour base avait le bien commun,

L'on applaudit au cœur de l'homme et du tribun.

Lorsqu'en quatrevingt-neuf éclata la tempête,

Tu conjuras l'orage au péril de ta tête ;

Tu bravas les dangers accumulés sur toi,

En forçant la consigne à la porte du roi[4],

Qu'un ministre indolent tenait dans l'ignorance

Des maux qui menaçaient et le trône et la France !

Le monarque éveillé dans cette affreuse nuit,

Par ta voix seule apprend la révolte et le bruit.

Ton récit véridique et l'émeut et le touche ;

Il gémit sur son peuple, et sa royale bouche

S'informe du signal de la sédition.

Sire, dites plutôt la révolution !

T'écrias-tu soudain : *de ce péril immense,*

Je sauvrai vos jours, je sauverai la France.

VI.

Le suppliant alors par l'honneur qui t'est cher

De rendre aux Parisiens le ministre NECKER[5];

D'éloigner les soldats qui ceignaient leurs murailles

Pour calmer la rumeur de Paris et Versailles,

Et d'en faire au grand jour la proclamation

Aux yeux de l'assemblée et de la nation.

Ce conseil salutaire, adopté du monarque,

Eut des effets heureux la mémorable marque.

Le six octobre, hélas! jour triste et désastreux[6]!

Tu fus le bouclier de ce roi malheureux!

Après cette journée au trône si fatale,

Tu voulus suivre encor la famille royale,

Et soutins son courage au moment du danger,

En allégeant ses maux que tu sus partager.

Au fort de la tempête en voyant ta constance

Le roi sentait son cœur renaître à l'espérance.

L'on applaudit encor à ton courage humain,

Lorsque tu défendis ce célèbre marin[7]

Qu'accusait méchamment une ville en furie,

En demandant sa tête aux lois de la patrie.

VII.

Quand la Parque eut tranché les jours de Mirabeau,

Quand ce grand orateur fut si jeune au tombeau,

Tu prias l'assemblée en ce jour déplorable

D'accompagner, en corps, sa dépouille honorable[8]!

Combattant le vivant quand l'exigea le sort,

Ton cœur si généreux sut honorer le mort.

La fureur populaire adorant la discorde,

Hurlait son chant immonde aux apprêts de la corde!

Justement indigné des barbares plaisirs

Que lui semblaient donner tant de nobles martyrs,

Ton cœur saigna d'horreur et ton âme sublime,

Envain crut mettre un terme à cet affreux abîme

En voulant abolir ce supplice inhumain [9],

Hélas ! plus grand encor quand parut GUILLOTIN.

Tu réclamas aussi dans ces jours sanguinaires,

Contre ton nom inscrit parmi les signataires

Qui n'admettaient les droits qu'avec restriction

Au serment qu'exigeait la constitution [10],

En jurant de défendre au péril de ta vie

Les droits sacrés du peuple et de la monarchie.

VIII.

Pour le salut de tous travaillant nuit et jour,

Au pauvre abandonné tu créas un séjour.

Ton esprit bienveillant fit sortir de ta plume

Sur l'indigence entière un généreux volume,

Et l'infirme oublié vit alléger ses maux

Par les soins qu'obtenaient tes pénibles travaux.

Président aux secours des misères humaines,

De tes propres deniers tu sus calmer les peines,

Et méritais le nom, par tant d'urbanité,

De protecteur du faible et de l'humanité.

Quand le roi déguisé n'ayant plus d'espérance,

Dans la nuit du vingt juin voulut quitter la France,

Sans consulter ton cœur qui l'en eut détourné,

L'on te vit soutenir le trône abandonné.

La chambre allait tonner sur la fuite à Varenne

Lorsque tu t'écrias d'une voix souveraine :

« Disons la vérité tout entière à vos yeux :

« Le roi n'est plus bravé que par des factieux [11] *!*

Ce langage hardi d'un cœur plein de justice,

Releva la couronne au bord du précipice.

IX.

Après les tristes jours où tout un peuple épars

Reçut la fusillade autour du champ de Mars,

Que les perturbateurs fomentaient dans la ville,

Et jetaient l'épouvante au lieu le plus tranquille ;

Tu parcourus les clubs, calmant les plus bouillants,

Et parvins quelquefois à les joindre aux Feuillants,

A la société constitutionnelle

Partant du même point, ayant le même zèle[12].

Mais, hélas ! tant d'efforts ne purent parvenir

A détourner les maux pesant sur l'avenir !

Tu combattis envain la fureur jacobine,

En déplorant partout son affreuse doctrine,

Sans pouvoir éviter les flots de sang humain,

Que fit long-temps couler son odieuse main.

L'on te fut redevable en ces temps d'infamies

De la réunion de nos académies [13],

Et le bel Institut où l'on siége aujourd'hui

Bientôt fut érigé grâces à ton appui.

Tu sus penser à tout au milieu des alarmes,

Créer des monuments même en séchant des larmes.

X.

Enfin quand l'assemblée eut clos sa session ,

A peine à Liancourt dans ta possession ,

Déjà tu préparais par des manufactures

Un généreux asyle aux pauvres créatures :

Lorsqu'en quatre-vingt-douze un vœu national

Te nomma de Rouen , lieutenant général ;

Te fit abandonner la plus noble entreprise

Par cette mission à ton honneur commise.

Le nouvel attentat qui troubla le vingt juin.

Sembla mettre en danger le meilleur souverain !

Effrayé des périls environnant ce prince

Tu lui gagnes les cœurs de toute ta province ;

Tu formes l'assemblée où solennellement

De défendre son roi chacun fait le serment ;

Et conjures Louis pour sa sûreté même

D'accourir aussitôt près d'un peuple qui l'aime.

Le monarque attendri semblait prêt à céder,

Quand la reine soudain vint l'en dissuader.

Hélas ! par ce conseil échoua l'entreprise

Qui sauvait à jamais sa tète compromise.

XI.

Ce funeste refus, avant-coureur des maux,

Te fit offrir au roi mille moyens nouveaux ;

A l'appui de ton bras ajoutant ta fortune

Tu lui prêtas alors sans garantie aucune [14] ;

Et pour gagner un chef ami des jacobins

Cinq cent-vingt mille francs sortirent de tes mains.

Tu fis bien plus encor ! Tu prias Moleville

D'offrir pour secourir la royale famille

Ton patrimoine entier , quatorze millions !

Ne réservant pour toi , dans ces rébellions ,

Que la faible valeur d'une modique rente

A nourrir un commis à peine suffisante.

Pour prévenir les maux où le roi fut soumis

Tu parus te liguer avec ses ennemis ,

Et comprimas souvent la grande effervescence

Qui régnait dans leur camp et menaçait la France.

A leurs sanglants projets opposant ta douceur

Tu sus en détourner la plus grande noirceur !...

Enfin ton dévouement si noble et si sublime

Retint la liberté sur le bord de l'abime.

XII.

L'orage semblait calme, on te louait partout :

Lorsque troublant les airs, le tocsin du dix août

Réveilla la révolte à peine assoupissante,

Qui sillonna Paris d'une trace sanglante ! !.

Et jusqu'au deux septembre un poignard tout fumant

Aiguisa dans sa main son courage infamant[15].

Jour d'horreur et de deuil ! où tes sincères larmes

Cherchèrent vainement à calmer les alarmes !

Où tu sus faire au roi prêter encor serment

Par la troupe soumise à ton commandement.

Mais les hommes de sang après tant de carnage

Ne pouvant soutenir l'aspect de l'homme sage ,

Mirent ta tête à prix dans ces jours de malheurs ,

Te forcèrent à fuir accablé de douleurs ,

A chercher un abri sur la terre étrangère

Pour éviter le joug de l'horreur sanguinaire.

Alors l'Anglais te vit sans refuge et sans bien

Et voulut secourir un si grand citoyen !

Mais ton orgueil jaloux de l'honneur de la France

Jamais de l'étranger n'accepta l'assistance.

XIII.

Pour ne plus voir de près tant d'horribles revers

Tu t'exilas plus loin sur d'orageuses mers

Et sus mettre à profit partout quelque industrie

Devant servir un jour au bien de ta patrie.

Ce fut en Amérique et ses divers états,

Que ta recherche heureuse obtint des résultats,

Dont les puissants bienfaits devaient s'étendre en France

Par les soins vigilants de ta persévérance.

Refranchissant après l'Atlantique océan,

Tu fus poser ton pied sur le sol allemand,

Là, tu puisas encor, dans sa calme nature,

Vingt utiles moyens à notre agriculture.

Voulant nous enrichir sur la terre et les eaux,

Tu fouillas la Hollande et ses mille vaisseaux.

Déjà tu parcourais les ports de la Baltique

En recueillant des plans d'utilité publique,

Quand reparut soudain la révolution

Qui refit en un jour sa constitution,

Sans entacher de sang la France plus docile,

Et mit un terme enfin à ton trop long exile.

XIV.

Brumaire avait calmé les partis insoumis,

Et l'on pouvait sans crainte embrasser ses amis.

Après douze ans passés au bord de sa ruine

La France respirait de sa large poitrine,

Dilatait ses poumons trop longtemps comprimés

Et rappelait enfin ses enfants opprimés.

Le premier qui parut dans ces jours d'allégresse,

Était grand parmi tous, par l'âme et la noblesse :

L'on pouvait sur son front lire au fond de son cœur

Qu'il aimait son pays bien plus que sa grandeur !

Qu'il s'oubliait toujours pour la cause commune,

Qu'il fut dans l'opulence ou bien dans l'infortune.

Ce mortel vertueux si long-temps attendu,

Fit oublier bientôt qu'on l'eut jamais perdu.

Il consacra ses jours au bien de sa patrie ;

Allégea tous les maux de la classe apauvrie ;

De ses biens dispersés rassembla les débris

Pour doter la vertu logeant sous des lambris [16].

Enfin ce bienfaiteur d'une bonté si pure,

Ce fut toi, LIANCOURT ; l'honneur de la nature.

5

XV.

Jadis, l'on t'avait vu, dotant la nation,

Ériger à grands frais une institution

Où vingt-cinq orphelins, qui te nommaient leur père,

S'élevaient sous l'appui de ta main tutélaire.

Cette ardeur philantrope et ce généreux don

Réveillèrent l'esprit de LÉONARD BOURDON [17].

Nos écoles enfin, émanaient de sa source,

Et toutes y puisaient leur première ressource :

Lorsque les bâtiments, le parc de LIANCOURT

Aux mains de la terreur tombèrent en un jour.

Alors tes protégés dans cette vaste enceinte

Arrosèrent de pleurs ta trace encore empreinte,

Gémirent des tourmens où t'accablait le sort,

Demandant à grands cris, ou leur père ou la mort.

Mais à leurs cœurs navrés, à leurs touchantes larmes

La France restait sourde au milieu des alarmes.

La faim, l'horrible faim, vint agrandir leurs maux !

Et semblable à l'épi qui tombe sous la faux

On les voyait tomber sous la parque homicide

En demandant à Dieu qu'il te servit d'égide.

XVI.

Ton parc et ses entours ravis par l'attentat,

Ne te furent rendus que sous le Consulat [18].

Mais, réparant du temps les funestes injures,

Tu rendis l'existence à ces manufactures

Que l'an quatre-vingt-douze avait privé d'appui.

Le peuple à Liancourt te révère aujourd'hui

Comme un dieu protecteur soulageant l'infortune;

Veillant du haut des cieux sur toute la commune;

Quand l'aurore apparaît, en quittant ses hameaux

Il te prie en chemin de bénir ses travaux.

Puis, au retour du soir, ton nom dans sa prière

Est le dernier qu'il dit en fermant sa paupière.

Qui pourrait oublier les soins que tu prenais

Pour ne jamais blesser ceux à qui tu donnais ?

Jusqu'aux enfants trouvés pour leur être propice

Tu courais les chercher au fond de leur hospice.

Pour soulager le pauvre en ton département,

Tu créais chaque jour quelque établissement,

Où le peuple puisait sa vie hebdomadaire

Et bénissait ton nom en touchant son salaire.

XVII.

Enfin, portant tes soins dans tes nombreux essais

Jusqu'au point d'embellir nos visages français :

Par un don merveilleux au palais comme au chaume

Tu changeas la nature aux deux bouts du royaume,

En nous gratifiant du salubre vaccin [19],

Plus utile pour nous que l'éclatant succin.

Nos traits linifiés te devront d'âge en âge

Des bénédictions pour ce précieux gage,

Qui depuis quarante ans , a sans cesse produit

Les résultats heureux dont nous goûtons le fruit.

A son miroir fidèle , admirant son sourire ,

La coquette , a depuis , de doux mots à te dire.

La mère , à son enfant , redit avec amour

Ton nom si vénéré , qu'il redit à son tour.

A la vertu sans dot , à la fille modeste ,

Ce don semble un présent de la bonté céleste !

Dans sa pudeur naïve et sa simplicité

Elle te voue un culte à l'immortalité.

Jusques à la dévote , aux genoux de la Vierge

Mêlant ton nom aux saints te brûle plus d'un cierge.

XVIII.

De tes dons chaque jour comblant le malheureux,

Et voulant à tout prix le rendre plus heureux :

Tu lui créas enfin l'école mutuelle [20]

Qu'on vit bientôt florir sous ta main paternelle.

Pour mieux veiller alors à ce mode si beau ,

Tu lui donnas le jour dans ton propre château ;

Tu présidas toi-même aux progrès de l'enfance

L'encourageant toujours par quelque récompense.

Ce nouveau legs, surprit toute la nation,

Mais, ne put étonner son admiration !

Elle adopta partout la classe élémentaire

En lui donnant pour guide un si glorieux père.

Le peuple, protégé par ton noble blason,

Leva le voile obscur lui cachant l'horizon ;

Et maintenant enfin qu'un nouveau jour l'éclaire

Il semble avoir passé sous un autre émisphère ;

Il semble avoir grandi sous ta main de géant

Qui l'a fait lire aux cieux en sortant du néant ;

En dessillant ses yeux si long-temps dans l'abime,

Tu le régénéras par ton pouvoir sublime.

XIX.

Comme l'étoile au ciel, à tous les souverains

Tu semblais au-dessus du plus grand des humains !

Partout l'on s'étonnait avec un œil d'envie

Que l'on eût pu tant faire en une seule vie !

Et tu n'étais encor qu'aux deux tiers du chemin

Qu'on te voyait déjà comme un autre Antonin !...

Lorsque la France, un jour, entendit le tonnerre

De cent mille canons faisant trembler la terre ;

Que Paris fut couvert d'un nuage étranger

Chargeant son horizon d'un imminent danger :

L'on te vit détourner un nuage aussi sombre,

Qui du nord au midi fut reporter son ombre.

Tu sauvas ton pays par tant d'humanité

Et nous rendis la paix avec la liberté.

Des Potentats, jaloux de t'avoir pour arbitre

Confièrent d'abord à ton glorieux titre,

A ton intégrité, leurs droits et notre sort !...

Et tous enfin, jusqu'à l'autocrate du nord [21],

Louèrent ta justice et ton patriotisme

Qui protégeaient la France, et détruisaient le schisme.

XX.

La discorde bientôt rallumant son flambeau

Préparait à nos yeux un terrible tableau !

Le dieu Mars endormi sur son foudre de guerre

Se réveille en courroux, rappelle l'Angleterre ;

Le Danube et le Rhin s'émeuvent à ses cris,

Et leur reflux encor vint inonder Paris.

Nous succombions enfin sous le poids de tant d'armes,

Mais ta main nous restait pour essuyer nos larmes ;

Pour étancher le sang qui baignait nos sillons,

Quand le sol fut couvert d'étrangers bataillons.

De nouveau consulté par les différents princes

Qui partageaient entr'eux nos plus belles provinces,

Tu leur peignis les maux que nous avions soufferts

Et prévins ce malheur qui doublait nos revers.

Quand la réaction voulut sévir en France,

On te vit la combattre avec persévérance

En retrouvant l'ardeur de tes premiers vingt ans,

Et tu comptais alors soixante-huit printemps [22] !

Enfin, marquant tes pas dans ta noble carrière

Par autant de bienfaits sur ta patrie entière.

XXI.

Deux ans avaient calmé l'horreur de notre sort,

Et chacun ne mourait que de sa bonne mort ;

Nous respirions partout la paix la plus profonde

Et nous étions enfin les plus heureux du monde :

Quand un nouveau ministre [23] avec autorité,

Veut violer nos droits et notre liberté !

Impose à notre esprit, par des lois qu'il projette

De nous fermer la bouche et la rendre muette ;

Met le royaume entier dans d'affreuses rumeurs

En bornant nos écrits , en voulant d'autres mœurs.

La Presse allait crouler si ta voix opportune

N'eut su la soutenir du haut de la tribune !

Ta formidable voix que guidait ta raison

Répondit : liberté ! quand on parla prison.

Ce cri de liberté qui partit de ta bouche

Fit vibrer plus d'un cœur de la plus noble souche ;

Le ministre lui-même , ému par ton discours

Promit l'amendement qu'il refusait toujours ;

Et tout le monde alors , témoin de ton courage

Parut avec orgueil t'accorder son suffrage.

XXII.

De génération en génération,

Le peuple bénira ton institution [24],

Cette célèbre école, où l'atelier gouverne

Le commerce et les arts de la France moderne ;

Où la main-d'œuvre aussi gagne des croix d'honneur,

Enrichit le pays et trouve le bonheur ;

Où de nobles enfans, dans leur adolescence

En se formant le cœur, apprennent la science ;

Où nous puisons aussi , pour le bien de l'État ,

Plus d'un grand citoyen , plus d'un brave soldat.

Oui , les arts et métiers éternisent ta gloire !

Et si quelqu'un un jour oubliait ta mémoire ,

Il ne-pourrait passer sous les murs de Châlons

Sans entendre l'écho lui redire tes noms.

Il apprendrait : d'ANGERS, de COMPIÈGNE et TOULOUSE,

Comme à les retenir chaque ville est jalouse.

Chaque atelier si haut lui crîrait : LIANCOURT !

Qu'il ne douterait plus , à moins qu'il ne fut sourd ,

Que ta mémoire a droit à la reconnaissance ,

Que ton humanité n'a pas d'égale en France.

XXIII.

L'abus de nos prisons décimait le moral

Et l'homme encor probe en sortait immoral !

C'était un corps malade , oublié , sans remède ,

Sa plaie allait croissant toujours sans intermède ;

Le crime à la vertu livrant un rude assaut

Semblait s'ennorgueillir de la mettre en défaut ;

Sans cesse il l'attaquait en quelque endroit fragile ,

Et la brisait souvent comme le mol argile ;

Puis , rugissant de joie en la livrant au jour ,

Dans le fond des cachots attendait son retour.

Nos geôles regorgeaient de ces âmes perverses ,

Qu'on aigrissait encor par des peines diverses ,

Sous un joug inhumain et souvent destructeur ,

Quand il ne leur fallait qu'un régénérateur.

Tu fus le seul encore à cet effet propice.

Dès lors, ta noble main, en détournant le vice

Parut nous garantir des noires trahisons

S'ourdissant chaque jour à l'ombre des prisons ,

Et fit germer le bien aux cœurs les plus parjures

En épurant partout de semblables nature.

XXIV.

Dans saint Lazare enfin ta libéralité ,

Fit oublier l'horreur de la captivité ;

Et tu changeas les mœurs , inspiras la sagesse ,

En montrant une route où l'humaine faiblesse

Un bandeau sur les yeux penche vers son déclin ;

Une autre , où la vertu trouve un bonheur sans fin.

L'on vit descendre alors de la voûte éthérée ,

Le saint de la prison , qui de sa voix sacrée

Fit entendre ces mots : « Appui des malheureux,

» Ta place est préparée au séjour des heureux ;

» Fais long-temps sous tes pas couler la douce absinthe

» Ainsi que le Sauveur sur la montagne sainte ;

» Crée encor quelque apôtre en propageant ta foi

» Pour que le monde un jour se base sur ta loi ;

» Déjà tes nobles fils en marchant sur ta trace,

» Ont prouvé dignement qu'ils étaient de ta race. »

Après ce pronostic, au loin dans l'horizon

Fut s'éteindre la voix du saint de la prison,

Et tu n'entendis plus que l'écho des murailles

Qui résonnait encore au fond de tes entrailles.

XXV.

La douce aménité dont tu fus si fécond

Lorsque l'écho rentra dans son antre profond ,

Réveilla dans chacune un repentir sincère ;

Un respect pour les mœurs , une sagesse austère ;

Et toutes à genoux d'une commune voix

Jurèrent d'obéir aux moindres de tes loix ;

Arrosèrent de pleurs ta main si charitable,

Qui leur ouvrait la voie au bonheur véritable.

Jusque-là, l'indolence avait grandi leur maux !

Mais quand ta propre main leur créa des travaux,

Où chaque prisonnière, au bout de sa semaine

Put recueillir les fruits d'une honorable peine,

D'un bonheur encor pur goûter les doux attraits

Tout en rassérénant et son âme et ses traits :

L'on ne vit plus alors, dans cette triste enceinte

Qu'une même pensée en tous les cœurs empreinte ;

La chasteté bientôt unie à la pudeur,

Bannirent de leur rang le vice et l'impudeur ;

Et tu fus vénéré comme un vertueux père [25]

Qui reçut, après Dieu, leur fervente prière.

XXVI.

L'on ne respirait plus dans nos sombres prisons !.

L'air de l'oppression, prélude des poisons !

Chacune, de cet air se sentit affranchie

Tant que tu l'étéyas de ta tête blanchie.

Le captif à ta vue oubliait ses douleurs,

Et ses chaînes de fers lui paraissaient de fleurs.

L'on te vit délier de ta main chancelante,

Plus d'une chaîne, hélas ! qui semblait trop pesante.

Tu séchas plus de pleurs, tu calmas plus d'effroi

Que ne le fit jamais la main du meilleur roi.

Du pauvre qui puisait chaque jour dans ta bourse

Sans pouvoir en tarir la charitable source,

Tu partageais la peine, et lui donnais ton or,

En lui disant toujours de revenir encor.

Nos hospices aussi, par tes soins tutélaires,

Ont éprouvé long-temps des bienfaits salutaires;

Grâce à toi, la douleur parut seule en un lit,

Et plus d'une santé bientôt se rétablit [26].

C'est ainsi, que toujours, par tes bontés propices;

Tu rendis au pays tant d'utiles services.

XXVII.

Qui l'eut jamais pensé , que ton sublime cœur

Éprouverait un jour une indigne rigueur !

Qu'un ministre en voyant une aussi belle vie

En ait borné le cours par sa jalouse envie ,

Sans s'inquiéter du sort de tant de malheureux ,

Qui n'avaient pour soutien que ton cœur généreux !

Que ce ministre , enfin , exerçât ses vengeances ,

En lançant chaque jour d'indignes ordonnances.

L'espoir qui si long-temps brilla dans la prison,

N'eût plus que la lueur d'un bien faible tison,

Et s'éteignit bientôt sous la dure contrainte

D'un régime odieux que ramena la crainte.

Les pleurs des condamnés ne baignaient plus ta main

Généreux LIANCOURT! l'on barrait ton chemin.

Ton cœur compâtissant, au milieu de ses lares

Déplorait, des prisons les traitements barbares,

Et ne pouvait plus rien pour alléger les fers

Qu'on doublait constamment pour les moindres travers,

Quand pour sécher encor les pleurs de l'infortune

On t'aurait vu donner ta vie et ta fortune.

XXVIII.

Quinze lustres déjà faisaient courber ton front ;

Quand ton humanité te valut cet affront !

Oui, ton humanité qui ne pouvait entendre

Le récit des abus sans vite les défendre.

Le conseil des prisons se basait sur ta foi

Et s'ennorgueillissait d'un appui tel que toi.....

Lorsqu'il apprend un jour, qu'un ordre de police

Enfreint ton règlement aux condamnés propice ;

Tolère à chaque sbire un pouvoir inhumain

En livrant le malheur à sa brutale main.

Tu voulus t'opposer à cet ordre sévère

Qu'avait sanctionné le ministre Corbière ;

Et pour mettre le comble à cet exaction ,

Il dicta du conseil la dissolution.

C'est ainsi qu'un pouvoir à tes desseins contraire,

Apprécia toujours leur bonté tutélaire :

Et ne sut plus verser que la liqueur du fiel

Où tu versais jadis et le baume et le miel ;

Qu'augmenter la douleur sans en fixer le terme

En sapant tes bienfaits jusqu'en leur premier germe.

XXIX.

C'est ainsi qu'en un jour, six conseils différents

Perdirent à la fois le roi des présidents.

Prison, conservatoire, hospice, agriculture,

Et jusqu'à la vaccine et la manufacture

Qui bénissaient alors tes soins continuels,

Maudirent le ministre et ses ordres cruels.

De tant de fonctions sous ta main protectrice

L'on ne put te ravir le moindre bénéfice,

Tu n'acceptas jamais aucun émolument

Car tu faisais le bien par un pur dévoûment.

De présents, chaque jour tu comblais ta patrie,

Que tu savais aimer avec idolâtrie ! !...

En tout lieux sous tes pas, surgissait le bonheur

Quand ce ministre injuste affligea ton grand cœur :

Nous retira d'un mot ta main si généreuse

Pour remettre en sa place une main onéreuse ;

Mais ne put retirer, en t'ôtant chaque emploi

L'amour reconnaissant que nous avions pour toi ;

Ton nom qu'on chérissait, et que la France honore,

Se grava dans nos cœurs plus fortement encore.

XXX.

Quand la mort t'eut ravi pour jamais à nos yeux,

Quand ta grande âme, hélas ! s'envola vers les cieux,

Nous voulûmes porter la dépouille sacrée [27]

Qui fut quatre-vingts ans au pays consacrée.

Nous marchions en silence, et de nos cœurs contrits

S'échappait la douleur accablant nos esprits !...

Dans un temple divin, s'arrêta le cortège,

Qui fut témoin bientôt du plus grand sacrilège !...

Déjà nous reprenions le précieux cercueil

Auquel nos bras servaient de voiture de deuil :

Quand un être inconnu (*sbire de la police*) [28],

Vint troubler notre marche au sortir de l'office ;

Arracha de nos mains le glorieux fardeau

Que nous voulions quitter seulement au tombeau ;

Renversa sur le sol dans sa brute colère

Les restes vénérés d'une tête si chère ;

Requit la force armée à lui prêter secours,

Et détruisit notre œuvre en arrêtant son cours.

XXXI.

Nous cédâmes alors à la force des armes

En baignant ton cercueil de nos amères larmes ;

Et ne pûmes, hélas ! lui donner que des pleurs

Car l'on avait brisé nos couronnes de fleurs.

Nos sanglots étouffés près du char funéraire

Furent toujours croissant jusques à la barrière,

Où des hommes armés d'un pouvoir rigoureux,

Fermèrent notre marche en repoussant nos vœux !...

Nous ne pûmes enfin dépasser les murailles.

Mais avant de quitter tes chères funérailles

Nous formâmes un cercle au milieu du chemin ,

Pour entendre la voix du plus jeune DUPIN,

Déroulant à nos yeux les vertus de ton âme ,

Dont la moindre peignait ta vie en traits de flamme !...

Son oraison touchante augmentant nos douleurs ,

Nos visages muets se couvrirent de pleurs ;

Chacun sentit faillir son cœur et sa pensée

En te disant adieu d'une voix oppressée !

Non , jamais la vertu sortant d'un seul blason

Ne s'étendit si loin sur tout notre horizon.

O si la France eût eu dix hommes de ta sorte...

Comme elle eût été grande !... Et qu'elle eût été forte !

XXXII.

Si l'on rassemble un jour tous les cœurs généreux

Le tien l'emportera sur le plus grand d'entre eux ;

Et la postérité bénira ta mémoire

En élevant alors plus d'un temple à ta gloire.

Jamais historien n'aura plus vaste champ

S'il part de ton lever jusques à ton couchant,

Traçant de point en point ton histoire accomplie

Sans omettre un des faits dont elle est si remplie.

Pour nous la montrer pure à l'égal d'un beau jour

Il n'aura qu'a marcher sans prendre aucun détour ;

La route sera longue , et plus d'un gros volume

Avant qu'il soit au bout , sortira de sa plume ;

Chaque pas fera naître un chapitre nouveau ,

Et toujours le dernier semblera le plus beau ;

Et s'il arrive un jour au terme du voyage ,

Que nous puissions compter en lisant chaque page

Tous les trésors sortis d'un si sublime cœur ,

Durant quatre-vingts ans pour le commun bonheur :

Nous nous demanderons alors ce que nous sommes ?

Et pourquoi Dieu te fit le plus parfait des hommes ?...

O que n'ai-je l'esprit d'un grand historien

Pour peindre la vertu que tu connus si bien !...

Et pourquoi la nature envers d'autres prodigue

En face mon vouloir plaça-t-elle une digue ?

J'aurais aimé lui rendre un peu de ses bienfaits

En traçant ta louange, en chantant tes hauts faits !

Mais non, je suis réduit, sur des vertus sublimes

A n'avoir à donner que quelques sottes rimes ;

Quand je voudrais porter jusqu'aux cieux mon héros,

Mon esprit reste court et me force au repos ;

Il ne sait qu'admirer les vertus de ta race,

Et te donner toujours la plus illustre place.

FIN.

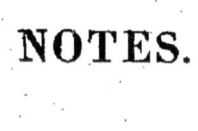

NOTES.

NOTES.

(1) L'historien Jean Bouchet, fait remonter la généalogie de la maison Luzignan , d'où sortent les Foucauld , d'un chevalier romain, qui vint dans la Gaule visiter saint Martial , envoyé par saint Pierre, pour la conversion de cette contrée ; il fixe sa dernière demeure sur le bord de la Vonne, à 4 lieues sud-ouest de Poitiers , sur une haute montagne.

(2) En 940, Hugues II , surnommé le Cher, fit bâtir un château sur la montagne ci-dessus nommée , ce château qui dominait toutes les campagnes environnantes, fut appelé d'abord : *Licinianum* , *castrum* , *Léziniacum ;* et plus tard , Luzignan. L'un de ses seigneurs avait une fille qui portait le nom de Mellusine ; cette fille était vénérée de toute la contrée , enfin elle mourut. Après sa mort, l'on crut voir chaque nuit, à pareille heure,

un être fantastique, se montrant sur les donjons du château, représentant la forme de la jeune fille, puis disparaissant. De là, le nom de la fée *Mellusine*, qui pendant plusieurs siècles inspira le respect et la terreur aux contrées voisines de cet antique château.   (*Vieille chronique.*)

(3) Louis XV, disait un jour, que les meilleurs conseils qu'il eût jamais reçus lui venaient d'un enfant; enfin, le 15 mars 1765, cet enfant, qui était le comte de LAROCHEFOUCAULD, obtint les honneurs du Louvre et prit, dès ce moment, le nom de duc de LIANCOURT; il avait épousé, le 10 septembre 1764, Félicité Sophie de LANNION, qui prit le tabouret chez la reine, le 17 mars 1765.

(4) Ce fut le duc de LIANCOURT qui, dans la nuit du 14 au 15 juillet 1789, alla réveiller le roi pour le désabuser de la fatale ignorance où ses ministres le laissaient, des événements qui avaient eu lieu à Paris dans la journée.

(5) NECKER, qui de simple commis à 600 francs d'appointement, chez un petit banquier de Genève, devint ministre de LOUIS XVI, et l'engouement du peuple parisien; sa probité, avant la Révolution parut équivoque au Roi, qui le destitua; les parisiens le redemandèrent à cor et à cri, et basèrent leur révolte sur son renvoi. Le duc de

Liancourt supplia le roi de rappeler ce ministre, d'éloigner les soldats cantonnés autour de Paris et de Versailles pour calmer la fureur populaire ; le conseil fut suivi , et l'effervescence calmée.

(6) Pendant la journée du 6 octobre , si fatale à la Cour , il accompagna la famille royale , resta auprès du Roi à l'Hôtel-de-Ville , au milieu des représentants de la Commune de Paris , et ne l'abandonna jamais dans tous les moments dangereux.

(7) Le 16 janvier 1790, le comte Albert de Rioms , commandait à Toulon , en qualité de lieutenant-général ; lorsque les premiers troubles de la révolution éclatèrent dans ce port , il voulut défendre aux ouvriers de l'Arsenal de porter la cocarde tricolore, mais ces derniers ne tinrent aucun compte de sa défense ; il fut forcé de sévir contre eux. Alors le peuple Toulonais s'empara de lui, voulut le massacrer, enfin le traduisit devant l'assemblée nationale ; là , le duc de Liancourt, de concert avec Malouet, le défendirent si chaleureusement, qu'ils lui obtinrent , non seulement sa grâce, mais encore le commandement d'une flotte de trente vaisseaux de ligne qu'on assemblait à Brest pour soutenir les droits de l'Espagne contre l'Angleterre. (*Biographie universelle.*)

8

(8) Le 2 avril 1791, il demanda que l'Assemblée Nationale assistât, en corps aux funérailles de Mirabeau.

(9) Le 5 juin 1791, il demanda le premier, et avec instance, qu'on supprimât le supplice de la corde.

(10) Le 25 juin 1791, il réclama contre l'insertion de son nom, parmi les signataires d'une déclaration de fidélité aux principaux articles de la Constitution, et déclara à son tour qu'il avait fait serment de maintenir la constitution entière et non pas seulement quelques articles qui ne devaient point en être séparés.   (*Biog. contemp.*)

(11) Le discours éloquent qu'il prononça à la tribune, dans la séance du 14 juillet 1791, obtint de nombreux suffrages et l'admiration de tous les gens de bien.

(12) Après les événements du Champ-de-Mars, il devint un des membres les plus actifs de la Société Constitutionnelle qui se réunissait aux Feuillants, et chercha, mais en vain, à combattre l'inence toujours croissante de la Société des Jacobins.

(13) A la fin de la session de l'Assemblée Constituante, il proposa pour remplacer les anciennes Académies, l'Institut National, qui, en 1795, fut érigé où nous le voyons aujourd'hui.

(14) Après les attentats du 20 juin 1792, le duc

de LIANCOURT voyant la sûreté de la Cour compromise, fit prêter serment au Roi par toutes les
troupes alors à Rouen, dont il était lieutenant-général; gagna presque tous les habitants en faveur
de la monarchie, vint supplier Louis XVI de se
rendre à Gaillon, près du cardinal de La Rochefoucauld, son parent, pour échapper au danger
qui le menaçait; le Roi se trouvait dans la gêne,
le duc de Liancourt lui prêta deux cents mille
francs sans aucune garantie. Enfin craignant les
infâmes machinations d'un chef supérieur des
Jacobins, il donna à ce chef cinq cents mille
francs pour l'engager à la cause de la royauté.
Déjà le roi était disposé à se rendre à Gaillon,
ce qui l'eut sauvé peut-être, car la province
était entièrement dévouée au duc de Liancourt,
lorsque la reine s'opposa à ce voyage en motivant
son refus sur les suites funestes de celui de Va-
rennes. Après ses vains efforts auprès de toute la
famille royale, il se retira le cœur chagrin
en pensant aux dangers qui menaçaient cette
malheureuse famille; fut trouvé M. de Molleville,
ministre, à qui le Roi accordait la plus grande
confiance; l'engagea à joindre ses sollicitations
aux siennes pour prévenir les maux pesant sur la
couronne; le pria d'offrir en son nom, toute sa
fortune au Roi, qui était alors de treize à quatorze

millions, sous la seule réserve de cent louis de
rente. M. de Molleville ne fut pas maître de sa
surprise; le duc de Liancourt en parut affecté et
lui dit: « Vous avez peut-être cru comme beau-
» coup d'autres que j'étais démocrate, parce que
» j'ai été du côté gauche, mais le Roi qui a connu
» jour par jour mes sentiments, ma conduite et
» mes motifs, et qui les a toujours approuvés,
» sait mieux que personne que je n'étais pas plus
» démocrate qu'aristocrate, mais que j'étais tout
» uniment un loyal royaliste; il n'ignorait pas que
» je n'aurais pu lui être d'aucune utilité en me
» plaçant du côté droit, parce qu'un individu de
» plus ou de moins ne l'aurait rendu ni plus fort
» ni plus faible, tandis que gagnant la confiance
» du côté gauche, j'étais à portée d'être plutôt in-
» formé des complots ou des manœuvres qui pou-
» vaient se tramer, et d'en instruire Sa majesté;
» je ne vous dirai pas que je n'aie désiré plusieurs
» réformes que je croyais utiles, mais je n'ai ja-
» mais voulu une révolution, et quoique je fusse
» toujours placé du côté gauche, je défie qu'on
» puisse dire que j'aie jamais appuyé une motion
» violente, ou que je me sois jamais levé pour
» faire passer un décret contraire aux véritables
» intérêts du Roi ou de son autorité, que j'ai tou-
» jours distinguée de l'abus que pouvaient en

» faire ses ministres. On m'a reproché d'avoir empê-
» ché le Roi de partir à l'époque du 14 juillet, et
» de lui avoir conseillé de se rendre à l'Assemblée :
» mais qui pouvait prévoir les funestes suites
» qu'a eues cette mesure ; et ces suites ne doivent-
» elles pas être attribuées à toutes les fausses ou
» faibles démarches qui l'ont accompagnée et sur
» lesquels je n'ai pas été consulté ? Au reste, j'ai
» conseillé à sa majesté de prendre ce parti, parce
» que c'était celui que j'aurais pris moi-même, si
» j'avais été à sa place ; si je me suis trompé, c'est
» la faute de mon esprit ou de mon jugement,
» mais ce n'est certainement pas celle de mon
» cœur, que le Roi sait bien lui être et lui avoir
» toujours été entièrement dévoué. »

(15) 2 septembre 1792, massacre des prisons.

(16) Après son retour de l'exil, le premier soin
du duc de LIANCOURT, fut de visiter les malheureux et de les secourir. Apprenant un jour qu'une
jeune ouvrière, sage et pauvre, voulait se suicider
parce qu'elle venait d'être refusée par la famille
du prétendu, qui depuis plusieurs années, lui
promettait de l'épouser, et que ce refus provenait
de son infortune seulement, il fut lui-même trouver
les parents du jeune homme, dota la jeune fille,
et le mariage eut lieu.

Lors de l'institution de nos premières Caisses

d'Epargne, on le vit de ses propres deniers, prendre plusieurs livrets pour différents ouvriers ; leur avancer des fonds, surtout a ceux de sa fabrique de LIANCOURT, pour qu'ils pussent se faire bâtir de petites maisons dans le pays ; ne leur retenant que peu à peu ses avances, afin qu'ils n'en ressentissent aucune gêne et se trouvassent libérés et possesseurs d'un petit avoir sans s'être aperçus comment il leur était venu ; grâce à son humanité et aux encouragements qu'il donnait à chacun, plusieurs jouissent aujourd'hui d'un capital de plus de cent mille francs. Ce généreux citoyen poussait l'humanité jusqu'a faire des recherches dans les mansardes les plus cachées, pour soulager par des bienfaits inattendus, des malheureux en proie à la plus grande misère, et prévenait ainsi le suicide et le vol.

(17) En 1780, le duc de LIANCOURT avait fondé une vaste école, dans laquelle deux cent cinquante fils de soldats, recevaient l'entretien et l'instruction nécessaires, pour devenir dans l'armée de bons ouvriers, ou de sous-officiers distingués. Le gouvernement accordait seulement la modique somme de sept sous par jour pour chaque enfant, tout le reste des frais était à la charge du fondateur. Cette institution qui prospérait, servit de noyau aux écoles de Paris, de LÉONARD BOURDON

Principalement. Sous le règne de la Terreur, le duc de Liancourt, de son exil, ne pouvant leur envoyer des secours, plusieurs de ces écoles manquèrent des premiers nécessaires de la vie, et quelques enfants moururent de besoin.

(*Biographie contemporaine.*)

(18) Après le 18 brumaire, le premier consul rendit au duc de LIANCOURT, son parc et son château ; mais on ne lui parla point de tous ses autres biens qui avaient été vendus au profit de la Révolution ; et l'on entendit jamais de lui la moindre réclamation à ce sujet. Il s'occupa d'élever des manufactures qu'il dirigea lui-même ; voulut qu'il n'y eût aucun pauvre dans son département, rétablit une petite école où vingt-cinq orphelins qu'il fut lui-même chercher à l'hospice des enfants trouvés, s'instruisirent et s'élevèrent à ses frais ; enfin grâce à son zèle et à l'activité de ces fabriques, le village de LIANCOURT, qui en 1800, ne comptait que 900 habitants, en compte aujourd'hui plus de 2000, et de pauvre qu'il était, est devenu un des plus heureux du royaume. Le marquis de LAROCHEFOUCAULD LIANCOURT, son fils, continue sa belle œuvre et se fait vénérer chaque jour dans toute la commune.

(19) La France doit encore au duc de LIAN-

court, le plus grand des bienfaits dont elle jouit depuis quarante ans, et dont la postérité la plus reculée, recueillera de précieux avantages ; je veux parler de la Vaccine, qui du château de LIANCOURT se répandit dans tout le royaume.

(20) C'est encore au château de LIANCOURT que fut fondée une des premières écoles, les mieux ordonnées de l'enseignement mutuel, « *les esprits* » *forts de la contrée*, écrivit le fondateur de la » Société d'Instruction élémentaire, dont il était » le président, ont été vaincus, et les enfants eux- » mêmes sont devenus les avocats de leur institu- » tion. »

(21) Quand l'empereur de Russie vint en France, en 1814, il adressa au duc de LIANCOURT, une lettre dans laquelle, le monarque rendait un juste hommage au grand caractère, et à l'emploi de la vie entière du patriote ; enfin grâce à son heureux intermédiaire, les troupes étrangères restèrent moins long-temps à Paris.

(22) Après les cent jours, le duc de LIANCOURT, ennemi des réactions, se prononça à la Chambre des Pairs, avec toute l'énergie de sa première jeunesse, contre les opérations de la majorité de la Chambre dite *introuvable*, et dont l'ordonnance du 5 septembre suivant décréta la dissolution.

(23) Lainé, ministre de l'intérieur, décembre 1817.

(24) La célèbre école des Arts et Métiers qui a été transférée à Châlons-sur-Marne, ainsi que celle d'Angers, doivent leur création au duc de Liancourt.

(25) Les prisonniers obtenaient chaque jour de nouveaux dons de sa main généreuse ; « On voyait » avec admiration, dit M. Alexandre de la Borde, » le vénérable duc de Larochefoucauld Lian- » court, le patriarche de l'industrie et de la bien- » faisance en France, revenir deux fois par se- » maine de sa terre dans le département de l'Oise, » pour visiter les prisonnières de Saint-Lazare, » qu'il connaissait presque toutes par leurs noms, » dont il avait organisé les travaux et qui le re- » gardaient comme leur père. »

(26) Pendant et après la Révolution, dans plu- sieurs de nos hospices, les malades étaient deux dans le même lit, et souvent avec des maladies de natures toutes différentes, ce qui, non seulement retardait les guérisons, mais augmentait la conta- gion ; le duc de Liancourt, qui cherchait tous les moyens de soulager l'humanité souffrante, fut le premier qui proposa de donner un lit à cha- cun ; et lorsque après les cent jours, il fut

nommé Inspecteur des Hospices, il apporta encore des améliorations et y contribua de ses propres deniers.

(27) A la fin de 1825 , le duc de LIANCOURT , comme principal membre du Conseil des Prisons, fit droit aux réclamations que quelques prisonniers lui adressèrent , relativement à des exactions dont ils avaient été victimes. Quinze jours après parut une ordonnance qui supprimait le Conseil spécial des Prisons. Alors fut insérée dans les journaux la lettre suivante du duc , adressée au Préfet de Police. « Monsieur, je reçois à la campagne, la lettre » que vous me faites l'honneur de m'écrire, en » m'adressant l'ordonnance du Roi, relative au » Conseil des Prisons de Paris. Il y a longtemps » que je m'attendais à la suppression du Conseil, » dont l'activité et la surveillance pouvaient gêner » les vues secrètes et les actes arbitraires de l'ad- » ministration , auxquels sa création lui imposait » le devoir de s'opposer de tous ses moyens. » Le 14 juillet suivant, il reçut de M. CORBIÈRE , ministre de l'intérieur , une lettre conçue en ces termes :

« Monsieur le Duc, j'ai l'honneur de vous in- » former que par ordonnance datée d'hier , le Roi » vous a retiré les fonctions d'Inspecteur-Général » du Conseil des Arts et Métiers , de membre du

» Conseil-Général des Prisons, du Conseil-Général
» des Manufactures, du Conseil d'Agriculture, du
Conseil-Général des Hospices de Paris, et du Con-
» seil-Général du département de l'Oise. » Toutes
ces fonctions étaient gratuites, et la plus part des-
tinées au soulagement des pauvres, des malades,
des artisans, des prisonniers, en un mot, de
tous les êtres souffrants. Il est difficile de prévoir, et il est pénible de penser, qu'on put ren-
contrer la défaveur en parcourant une pareille
carrière.   (*Biographie Contemporaine.*)

(28) Dans la translation qui eut lieu depuis le
domicile du défunt jusqu'à la barrière de Clichy,
où le corps fut placé dans la voiture destinée à le
transporter à sa terre de LIANCOURT. La famille
ignorait les marques de reconnaissance que les
anciens élèves de Châlons donnaient à leur bienfaiteur, et quand elle descendit pour suivre le
cercueil, elle le trouva porté par les jeunes
gens. Les quatre coins du drap mortuaire furent
tenus par Messieurs les Ducs de DOUDEAUVILLE,
d'UZÈS, et M. le marquis DÉSOLLES, tous trois
Pairs de France, et par M. RAYNOUARD, ancien se-
crétaire perpétuel de l'Académie Française.

Le convoi se mit en marche dans le plus grand
ordre, arriva à l'église, où pendant l'office, les
anciens élèves entourèrent le catafalque et allèrent

tous à l'offrande avec calme et recueillement.
L'office terminé, les anciens élèves reprirent le
corps sortant du catafalque, se disposant à le
porter jusqu'à la barrière Clichy. Sur les marches
mêmes de l'église, un homme qui n'était revêtu
d'aucun des caractères extérieurs d'un officier de
police, déclara avoir l'injonction positive d'empêcher cette preuve de dévouement, et requit la force
armée de faire placer le corps sur le char funèbre.
Cet ordre irrita toute cette jeunesse qui refusa de
s'y soumettre. La famille s'apercevant de la fer-
mentation que cet ordre produisait, fit des efforts
inutiles pour calmer les élèves ; une rixe s'établit
entre les jeunes gens qui ne voulaient point quitter
le corps, et les soldats qui voulaient le leur arra-
cher ; le cercueil tomba.... les jeunes gens obligés
de céder à la force, pleurèrent d'abandonner un
si précieux fardeau, mais suivirent le convoi jusqu'à la barrière où la force armée s'en empara.

Les jeunes gens firent alors un grand cercle, et
écoutèrent avec recueillement un discours rempli
d'âme et de vérité, prononcé par le baron Charles
Dupin ; le discours terminé, le cercueil fut changé
de voiture et se mit en route, suivi seulement de :
le duc DESTISSAC, le comte Alexandre GAETAN,
Franck, Olivier, Frédéric, Jules de LA ROCHE-

FOUCAULD, le prince ALDOBRANDINI, et M. le comte MONTANT. (*Moniteur.*)

Jamais vie ne fut aussi bien remplie que celle de cet honorable duc, et la seule récompense qu'il ait reçue pour tant de bienfaits, fut la croix de la Légion-d'Honneur en 1804, lors de l'institution de cet ordre par Napoléon.

Ce philosophe a trouvé le temps, au milieu d'une vie si active, de composer d'utiles écrits. On lui doit : un plan du travail du Comité pour l'extinction de la mendicité :

Un ouvrage sur les Prisons de Philadelphie :

Une histoire des classes travaillantes : et plusieurs autres sur la Législation anglaise ; enfin, l'historien, ainsi que je l'annonce dans ma dernière strophe, peut seul énumérer tout ce que cet homme célèbre a fait en faveur de l'humanité.

 FIN.

www.ingramcontent.com/pod-product-compliance
Lightning Source LLC
Chambersburg PA
CBHW051555280626
47162CB00022B/2318